이권한 시집

가을 햇살에 걸쳐둔 기도

국립중앙도서관 출판시도서목록(CIP)

가을 햇살에 걸쳐둔 기도 : 이권한 시집 / 지은이: 이권한. -- 서울 : 한누리미디어, 2014
p. ; cm

표지관련정보 : 영파(影波) 시집
ISBN 978-89-7969-480-2 03810 : ₩8000

한국현대시[韓國現代詩]

811.7-KDC5
895.715-DDC21 CIP2014020106

이권한 시집

가을 햇살에 걸쳐 둔 기도

한누리미디어

별빛들이 쏟아놓은
흐트러진 추억들을
가슴에 엮어 두면
밤새 비지땀 흠뻑 쏟고는
물안개 피어오르는 언덕에
영롱한 보석이 되어
당신 반길 준비를 합니다.

차례 Contents

사랑스런 당신에게

제 1 부

사랑하는 마음

제 2 부

차례 Contents

젊은 시간들

제 3 부

길 위에서

제 4 부

차례 Contents

겨울 아침에

제 5 부

1부

사랑스런 당신에게

오후에

나를 욕하지 말아요
당신의 생각과 같지는 않을 것입니다
때로는 우산으로 비 받지 않고
태양을 가릴 수도 있지 않습니까
신발을 발에만 신나요?
나는 무릎에 받히고 다닙니다
나를 욕하지 말아요
당신과 나의 삶이
꼭 같으란 법은 없지 않습니까?

수족이 떨어진 나는
이리 좋은 가을날에 쏟아지는 햇살 속에서
쏟아진 속삭임은
내 힘이 남아있는 한
미쁨의 정들을 전하고 싶어요

돌아보자

썩어라
썩으렴
푹푹 아주 썩어라

쓰잘데없이 살아온 삶
기우는 지천명에서
헐떡이고 살아온 삶
정신 차리고 보니
헛된 삶이 아니었나

오 슬퍼라
쓰레기로 가득한 영육
이름 없는 벌레의
한 끼 식사라도 되었으면
얼마나 좋을까

오 괴로워라
탐욕에 가득한 영혼
맑은 영혼들 더럽힐까
바람 일으킬까
조심조심 숨을 멈추어야겠다

여유

큰 놈은 친구 만나러 나가
밤늦어야 돌아올 것이고
총 들고 군에 간 작은 놈은
어두운 밤에 혼자 서 있는 모습이
눈에 어리어 머리가 흔들거린다

마누라는 낮에 매장을 지키느라
밤에 운동을 가고
내 옆을 지키는 것은
암(癌)이라는 단어 생소한 놈이다

이제
나도 혼자가 되는 시간들을 즐겨야겠다

발 벗고 반바지 차림에
부채 들고 난유정(蘭遊庭)*에 들러본다
산들거리는 바람에 춤추는
난들이 아름다워 눈이 부시다

나의 공간에서

지나간 시간들을 되돌아본다
펄펄 끓어오르던 정열들은
나이 뒤로 사그라져
먼 곳 바라보는
나는 지금이 무척이나 좋다

*난유정(蘭遊庭) : 집에서 난을 키우는 작은 정원.

가을 햇살에 걸쳐둔 기도 · 1

지금이 좋은 시간입니다
기도하는 때가 가장 좋은 시간입니다
많은 시간이 흐른 뒤에도
지금같이 기도하는 시간들이 좋은 시간이라고
생각하게 하여 주십시오
살아 있는 내내
아래로 내려 보면서
기도하는 삶이 되게 하여 주십시오
그리고
내가 아는 모든 이들도
당신 안에서 생활하는
삶이 되도록 하여 주십시오

사랑스런 당신에게

남태평양의 심해에서 건져낸
푸른 물 뚝뚝 떨어지는
천을 몸에 휘돌아 감으면
당신은 천 년의 숨결을 담은 소리를
만들어내는 천사가 된다

흰 구름 듬성듬성 수놓은
가을 하늘 한 폭을 오려다
가위질 박음질하여
어깨 위로 드리우면
당신은 천상의 소리를 엮어서 전한다

가을이 드러누운 뒷산에서
물들여진 천으로 예쁜 옷 만들어
여리디 여린 당신의 몸에 스며들어
심장 박동소리와 어우러져
가을의 전설을 노래한다

비 오는 오후

벼 그루터기들이
떠나는 가을을
줄지어 늘어서 배웅을 하고

서러워 빗물에 젖은 오후를
줄줄이 사연 엮어
논바닥 속 깊숙이 박아둔다

나 혼자

빈 들판에 나 혼자
곧추서서
여름에 푸르던 너를 찾는다

무슨 소리
지금은 가을인데
긴 소매 걷지고 빨리 가거라

네 떠나온 길
빨리 가거라

서릿발 성성거려
가슴을 찢어놓은 아픔이 오기 전에
빨리 가거라

우체통

단풍처럼 빨간
작은 우체통을 만들어 놓고
하루에도 열 번 이상
열어 본다

어디서 가을의
소식이 오지 않을까
그때마다 비어 있었다

길바닥 굴러다니는
단풍잎 하나면 족하오
그대여!
찾아 주지 않겠소

팔베개

보고 싶은 그대여
당신의 베개를 만들어
머리맡에 두었소

영원히 사라지지 않을 베개라오

쏟아지는 그리움을 주워 모아
베개를 만들었다오

오늘
내일
모레
두고
두고
기다리겠소

산책 풍경

벙거지 벗어질세라
붙들어 늘어진 턱밑 끈에
슬픈 시간들이
매달려 들판으로 나간다

여름 콩밭에서 머물던
밭 매던 젊은 부부는
콩 타작하느라 여념이 없다

흐트러진 머리카락 사이로
빛나는 눈빛을 가진
젊은 아낙 손에 높이 매달린 도리깨는
저 멀리 가 버린 꿈들을 불러
멍석 바닥에 붙들어 둔다

가을 이야기 · 2

밤이 깊어간다
바람이 스치고 간
온갖 식물들
겨울을 원망하는
그림들이 그려진다

참 너는 착하다
아름다운 색으로
예쁜 옷 갈아입고
매서운 손님 맞으려
두 팔 벌리고 기다린다

가을 햇살에 걸쳐둔 기도 · 2

이 가을에는
기도하게 하여 주소서

어제 힘없이 논두렁에 걸터앉아
힘없는 손으로
벼 이삭 줍던 노인을 위하여
기도하게 하여 주소서

먼저 멀리 간 자식들
병 뒷바라지에 허리 휜
시골 부모를 위하여
기도하게 하여 주소서

내가 사랑하는
젊음이 영원히
따뜻한 가슴을 갖고
기도하게 하여 주소서

남의 허물을 덮어 주고
남의 잘못을 보지 않고

나보다 타인을 생각하도록
기도하게 하여 주소서

누군가의 평화
행복
기쁨
사랑을 위하여
기도하게 하여 주소서!

나의 일과

먼동이 터 오르는 창을 보면서
오늘도 당신을 기다린다
휘딱 휘딱 챙겨 입고
입에 밥알 쑤셔 넣고는
버스 정류장으로 내달는다
하루 세 번 오는 차
벌써 한 번 지나간다

오지 않았다.
너무 이른 아침이라
못 오시나 보다
보석처럼 빛나는 가을 햇살이
나를 밀어 하늘로 올린다
높은 곳에서 바라본
세상은 정말 아름답다
여기 저기 갈 잎사귀들의 노래와
형형색색 옷들이 정말 아름답다

오늘도 안 온다
안 온다

정말 아니 올려나
이제는 초조하고
무서워 온다
………
무섭다
봄까지 지탱할 힘 남았을까

간밤의 일들

어제는 잠을 깊이 잘 잤다
매번 이러하였으면 좋을 걸
나는
앞뒷산 넘나들며
즐거웠다
기쁘고 놀라웠다
그녀가 찾아와서
내게 웃으며 함께 하잔다
내가 읊어대는 소리에
천상의 소리가 묻어난다

깊은 밤
낙엽과 찬바람
늘어진 나무들을
불러 모아 앉혀두고
한바탕 놀아대다가
바람결과 같이 가 버리고……
나는 무거운 베갯잇 붙들고
헛웃음 지며
다시 잠을 청한다

나의 여자

웃는 모습이 아름다운 여자
보고 보고 있으면
내 마음이 차분해지고
평온해진다

그녀의 웃음 속에 든 온풍이
가을바람에 실리어
옷깃 속으로 스미어
나의 얼굴에 웃음이 만들어진다

참 좋은 여자다
참 고운 여자다

2부

사랑하는 마음

나의 젊음에게

순수하고 정열적인
당신 젊음을 찾으려
이른 아침 나서면
당신은 하야디 하얀
박꽃 속에서
날 보고 미소 짓는다
이슬에 젖은
젊은 당신의 눈이 애처로워
나는 산으로 향한다

옹달샘 깊숙이 숨은
젊은 당신의 미소엔
나보고 웃으라 한다
젊음은 아름답고
젊음은 순수하고
젊음은 고귀하고
젊음은 소중하다
젊음
무척이나 사랑한다

사랑하는 마음 · 1

쿵쾅 쿵쾅
붉어지고
열이 난다
나이
10
20
30
40
50
60
70
80에도
꼭 같을까!
지금 난
쿵쾅쿵쾅!
열이 나고
얼굴이 붉어진다

주사실

열 지어
앉은 놈
누운 놈
의자들이 무겁게
환자들 받치고
말없이 주사실 지키고 있다

초점 잃은 아픈 심정들이
바닥에 내리어 무거워진
병실 바닥이
가을 햇살 맞으려 고개를 든다

연두색 옷차림에
예쁜 미소를 가진
고운 님들의 미소가
발자국에 묻어나
아픈 이들에 위안이 된다

가을 · 3

바람이 가늘디가는
너 줄기들을 흔들어
청순가련한 어여쁜
코스모스, 너는…

무서리 한탄치 않는
목이 길어져 가여운
진정 가을의 길맞이
코스모스, 너는…

그대 사랑을
네 곁에 걸어두고
오가는 길손들에게 전한다

받아 가세요
간밤에 그이로부터 받은
선물입니다
이젠 당신의 이름으로
오가는 길손들에게 전하려 합니다

사랑하는 마음 · 2

바람에 문이 흔들린다
문 열고 밖을 바라본다

멀리 있는 그이가
올 리 없는데
괜스러이 얼굴 붉히며
문고리 흔들려 바람만 탓한다

자리에 누우면
댓잎 울부짖는 소리
베갯속 깊숙이 묻어두고
깊이깊이 사랑만 하잔다

또 바람에 문이 흔들린다
먼 곳 바라본다
문 밖을 바라본다

나의 젊음

붉은 태양을 삼키어 빚어낸
내 어린 날들의 사랑을
지천명에서 바라보니
어설프고 풋풋하다

핏덩이 붉은 사랑을 토하여
빨랫줄 가득이 널어놓고
산을 찢는 듯 울어대며
기다린 오십여 년

당신의 향기를
하늘 깊숙이 묻어두련다

가을 수확

넓은 들에서 노닐던
너를 내가 움켜쥐고
숨 막히는 적막 속에
너의 몸부림 듣는다

밝은 태양과 공기들
하늘에서 내려올 듯
속삭이는 기쁜 소리
너의 소리였나 보다

툇마루 한 켠에
여름 내내 흘린 땀들이
모여앉아
떠나갈 길 맞으려 한다

너의 안녕을
가을 햇살에 부탁한다

소리

따뜻하다
젊음의 목소리
나를 부른다
따뜻한 사랑이
품속 같은
나직한 속삭임으로
참 좋다
낮은 속삭임
그 소리는
사랑의 소리…

날갯짓

꿈에 젖어 간밤에
구름 마차 타고
사랑 찾으려
이 산 저 산 넘나들어

당신께 드리려
하얀 탱자꽃에
아침이슬 모셔다
사랑 선물 만든다

햇살이 솟아난다
나의 손에 드리운
간밤 사랑의 흔적은
너의 강렬함에 숨죽이고
밤에야 태어날 꿈꾼다

손님 · 1

누가 오시나 봐요!
심장을 흔드는 소리
무디어 희미해진
내 기억의 젊음이
가져온 사랑의 소리

누가 가시나 봐요!
바람 불어 사립문
붙잡아 두었는데
내 젊음이 가나 봐
잊지 못할 내 젊음

손님 · 2

누가 오시려나 봅니다
샛바람에
댓잎 소리 요란하니
뒷산 고개 쪽에서
내게 오시나 봅니다
내게 특별한 손님이

기다림

창문을 세차게
흔들며 때렸습니다
난 이 산 저 산 넘나들며
당신 찾아 헤매는 동안
이곳 멀리까지
찾아 오셨습니까?
정말 먼 길인데
이곳에 신발도 없이
머리가 다 젖어
찾아 오셨네요

어서 오세요
아랫목 손발 녹이고
여기서 머무십시오
당신은 비 좋아한다지요
그렇게도 세차게 때리는
비 타고 오셨습니까?

간밤에 비 왔습니다
당신이 찾아오셨습니다

젊은 날의 추억

머리가 혼미하여지고
가슴이 답답하여지면
분명 당신이 찾아오는
소리를 듣습니다

내 가슴 속에서
솟구치는 사랑을
토하여 마시고 싶습니다

이 사랑 바람에
흘러가 떠도는 게
나는 싫습니다

여기에 감추어두고
꺼내 보고
만져 보고
얼굴에 비벼 보고 싶습니다

사랑하는 이여
내 젊음이여!

꿈속에서

잠자리 들기 전
두근거리는
가슴을 내려놓고
그리움 타오르는
촛불을 켜두고
사랑의 기도를 한다

만지작 만지작
사랑을 만지다
베갯잇에 묻어두고
잠이 들었다

동행

위만 보고 갔더니
가는 길
다리 아프고
험하고
멀고
힘들어요
가도 가도 안 보여요

뒤에도 보고
옆에도 보고 가노라면
천릿길 낭떠러지도
무섭지 않아요
무서리 바람 부는
엄동설한도 무섭지 않아요

손잡고 같이 걸어 봐요
당신의 온기가
전하여 옴을 느낄 수 있답니다
그 온기는 당신을 통하여
다시 세상으로 뻗어 나가겠지요

어머니!
같이 하는 즐거움을 주신
당신에게 감사합니다
당신을 사랑합니다

3부

젊은 시간들

등불

고달프게 드러누운
냇가 언저리

하얀 불 켜들고
갈대들이 웅얼대는
차가운 노래를
갈 햇살에 말린다

아이야!
지나간 고달픈 사랑에
귀 내밀지 말고
지금 하얀 등불들이 웅얼대는
사랑을 기억하자꾸나

하늘

김장밭 닮은
가을 하늘이
땅으로 떨어져
작은 씨앗으로
자갈 틈 속에서
춥고 어두운
긴 시간 머물러
새 생명 잉태의
시작을 알리려 한다

파아란 하늘아!

다가올 아름다운
시간들에게
너를 부탁한다

파도

파란 하늘을 닮아
파란 바다는
파란 젊음을 노래한다

끊어질 듯한 음률은 가녀린
어깨를 타고
먼 세상 어머니의
포근함을 전한다

시리도록 슬픈 소리는
새하얀 손가락 사이로
젖어든 영혼은
구슬프다 못하여 차갑다

당신을 사랑한 나는
드레스 밑자락에 매달린
비브라토 음률을 붙들고
사랑을 고백한다

사랑하는 이여!
"이 세상 끝날까지
 사랑을 노래하라고"

향기

하루의 일과들을
키에 얹어 손질한다
쭉정이들이 애처로운 눈으로
나를 쳐다본다
키를 슬며시 내려놓고
따사한 햇살을 줍는다

주머니 가득한 햇살들을
손가락 사이로 죽죽 뿌리면
내년에 솟아날
씨앗들이 내 가슴에 박혀
아름다운 사랑으로 다가온다

빛

고운 빛 쏟아내는
가을 햇살들을
고운 체로 내리면
한 알 한 알 아름다운
노래가 된다

가녀린 어깨에서
흘러내린 음률이
넓은 세상 떠돌다
되돌아와
사랑을 호흡한다

젊은 시간들

목은 어깨 속으로
엉덩이는 땅에 닿을 듯
발은 자꾸 땅속으로
들어가 헤맨다

먼 길 떠나간
길손 불러
하지 못한 이야기를
엮어서 전한다

당신을 사랑한
나는 행복하였다고……

구름

서릿발 성성한
차가운 달빛에
선혈 같은
붉은 사랑을
남겨 두고
나는 돌아가리다

열세 덩어리 징검다리
발 아래 노니는
하늘의 춤사위
그 속에서도 구름은 흘러
내 사랑 떠나가네

간밤에 빚어서 쌓아 논
나의 사랑은
붉은 태양과 함께 하여
내 사랑하는
이의 가슴에 전하고 싶다

미소

따뜻한 햇살 내리는
창살 안에서
그녀의 무릎에 머리 맡기고
나는 'Y' 에게
'사랑해요' 말한다
백 년을 버텨온 마루에서
묻어난 송진향이
그녀의 입술에 닿아
진하디 진한 사랑으로 남아
과거에 저지른
업보들을 어루만진다

행로

갈까?
말까?

오라는 듯
말라는 듯

바람도 구름도
알지 못합니다
내 님의 마음은

싸릿대 불 피우면
따닥따닥 타는 소리
님에게 사랑 고백한다

따닥따닥 싸릿대
타는 소리같이
가잔다, 님에게로……

시작

선달에는
사랑할 준비를 하자

무서리 동장군과
가 버린 사연들은 떠나게
내버려 두자

솜사탕 함박눈과
다가올 아름다운 사랑을
꼭 껴안아 보듬어 보자

따뜻하고
보드라운 운기가
동토 아래 냉기 솟구쳐
새싹으로 태어난다

기대

당신이 나에게 준
선물은
가슴 설레고
뒤돌아 웃음 짓는
사랑이었습니다

평화와 고요함이
묻어나는
사랑이었습니다

얼굴 붉어지는
아름다운
사랑이었습니다

고마워요
감사해요
사랑해요
이 선물 안고
난 기도합니다

아름다운 내 사랑을……

바람

하얀 눈이 내렸던
오전 한 자락은
유난히도 햇살이 두텁습니다

흰 백색의 따사한 세상
거기에 내 맘 내려놓고
펑펑 울어
피 눈물 쏟아내
선홍색 빛을 뿌리고 싶습니다

하얀 눈이 내렸던
오전 한 자락은
유난히도 내 젊음이 생각납니다

후후 불어 버리면
떠나 버릴 사랑을
이런 날에는 주워 담아
하얀 백색의 세상에다 걸어 두고
천만 번 올려보고
두 손 모으겠습니다

어디서

만종소리에 쫓긴
저녁녘이 깨어나려면
누구의 손길이 닿아야
잉태의 운을 받을까

이 어두운 밤의
손길이 겹겹이 쌓여
누를 대로 눌려진 딱딱한 대지

솜틀기계에 넣으면
따뜻한 봄향기 가득한
넘치는 샘물이 되어
내 귓전에 머문다

"당신을 사랑합니다.
　언제나 어디서나
　　당신을……"

눈 내리는 날

눈이 와요
펑펑 많이 와요
눈이 녹아요
자꾸 쌓이면 집보다 높아
나는 영이 만나러
갈 수 없잖아요

눈이 와요
펑펑 많이 와요
눈이 녹아요
자꾸 쌓이면 눈이 높아
영이네 창문을 가려요

눈이 와요
펑펑 많이 와요
앞뒷산 가리지 않고
무지하게 많이 와요
골목도 창문도 가렸어요

나들이 · 1

둥글게 늘어진 오색 빛이
나를 감싸고
두 손 맞잡은
하얀 드레스 12월의
나의 신부가
내 눈 깊이 박혀 온다

45도 각에서
이 세상 보노라면
눈 내린 하얀 들판에
햇살 드리워
오색 프리즘 빛나고
겨울 산 푸른 나무들이 흘러
하늘에서 너울거리며
나를 반긴다

"눈이 왔어요.
아주 많이 왔어요
넘어지면서
숨을 멈추고 본

이 세상은
정말 아름다웠습니다"

내 떠나는 날도
이렇게 아름답기를 기도한다

4부

길 위에서

겨울비 오는 오후에

내 사랑하는 사람아

정성 쏟아 가꾼 온갖
정들을 다듬고 가꾸어
높은 곳 매달아 기도한다
서럽도록 뭉클한
사랑을 안고
다시 깨어날 새벽을 위하여

내 사랑하는 사람아

네 차가운 바람도
여기에 다다르면 싹 되고
사랑 되어 피어난 꽃이어라
붉은 꽃으로 피어나
절절한 사랑 내뱉는
너울에 부서지는 햇살이고 싶어라

내 사랑하는 사람아!

어머니 · 3

아무런 죄 없이 흘러간 시간들이
뜨거운 태양을 품고
우리 가슴을
데우고 태웠으리라
내 사랑의 시간들을…

사랑한 마음을 쏟은
나는 전생에 죄인이었습니다
당신 가까이 머물러
호흡하고, 기도할 수 있어
이제는 행복합니다

간 · 밤 · 애(愛)

흘러간 밤
몹시도 안타까워 벌떡이는
심장 내려놓고
기도를 한다

밤새 알알이 태워
까만 밤 밝히고
멀리서 들리는
님의 소리를 가슴 속으로
끌어들여 붙들어 꿰맨다

아!
서러워 괴로운
이 밤이 하얀 서리 되어
대문 밖 서성이면
반가움에 머리 내려
입 맞추고 기도한다

"당신을 기다리는
이 대림절에 기쁨과 평화가 같이 하기를"
- 아멘 -

생각

날씨가 흐린 날은
어느 때인가 모를
가을에 찍어둔 파란 하늘의
셀폰 사진을 본다.
오늘은 흐리고 빗방울 들더라도
예전엔 시리도록 차가운
파란 하늘이 있었지
다시 돌아오리라

높이 손들어 하늘을 움켜쥐면
손가락 사이로 흩어진
파란 물감들이 뚝뚝 떨어져
따오기 울음 되고
단풍 되고
무서리 되어
님들이 가는 길
그리려 한다

내 떠나는 날은

여기 저기 흩어진
이삭들은 어찌 하리오
며칠 밤낮으로 주웠다오
아직도 많이 남았다오
그대여
도와주오
돌 틈 사이
길섶에도…

하찮은 것이라 하지 말아요
내게는 소중한 사랑이었다오
비 오면 젖을라
바람 불면 날릴라
먼지에 더럽힐라
당신들 눈에는 작은 일이었지요
내게는 아주 큰
사건이었소!

내가 떠날 때
누가 좀 챙기어 주소

잊으면 안 되어요
부탁하오
꼭 챙겨갈 것이오

당신이 웃으며
뒤돌아서는 모습에
새겨둔 사랑을 쓸어안고
가슴 깊이 새긴 채로 떠나리다

갓뫼

하얀 눈길에
아스라이 바위 끝
매달린 정자
갓뫼*에 오른 님들은
진정 천사이어라

붉은 옷
푸른 옷
검은 옷
웃음 띤 그대들은
진정 천사이어라

높은 곳 이르러
높다 하지 않고
아래 쪽 이르러
아래다 하지 않은
그대들은 진정 천사이어라

아프고 고통 받는 자
배고프고 힘든 자

멀리 간 사랑들 붙잡아
털고 말려서
님의 가슴에 심는
님들은 진정 천사이어라!

*갓뫼 : 관악산

나들이 · 2

이제는 돌아가겠습니다
날마다 그리던
님 찾아
물 건너고
바람 맞으며
구만리 먼 곳
당신이 머무는 곳으로

이제는 돌아가겠습니다
가슴 깊이 숨겨 둔 사랑은
당신 가슴에 묻으려
고춧대, 벼 그루터기
줄지어 늘어선
내 고향 가는
길섶 언덕에 뿌려두고

이제는 돌아가겠습니다
따뜻한 어머니 품속 같은
고향으로
내게 나누어주고

보살펴준
모든 분들에게
"잘 놀다 간다" 고
인사하렵니다

기도 · 2

나를 위하여 기도하자
어두운 곳에서
밝은 곳으로
절망적인 곳에서
희망적인 곳으로
고통 속에서
기쁨이 있는 곳으로
메마른 곳에서
기름진 웃음이 넘치는 곳으로
아귀다툼이 있는 곳에서
사랑이 넘치는 곳으로
님을 기다리면서
나는 기도를 한다

나를 위하여 기도를 한다

올곧은 정신 속에서
님을 향한
기도를 하자
훌훌 털고 가벼운 마음으로

님을 향한
기도를 하자

기도를 하자
당신이 오시는 길목에서
당신 말씀을 흔들며
당신 말씀 안고서
기도를 하자
님을 향한
기도를 하자

당신을 사랑합니다

커피 집

읍내 가는 길을
파 다듬듯 고루 누이고
하얀 속살 눈부신
햇살에 널어서 만진다
푸르른 대나무 가지에
부서져 내린 햇살을
커피 잔 깊이 담근다

내 몸에서 커피향 소멸되어
찌든 내 스며들면
들르는 읍내 커피 집
"어서 오세요
 반갑습니다"
아르바이트 학생의 미소
가슴에 닿아
짙은 향 커피를 안고
유리 창 안에서
밖의 풍경들을 주워 모아
마시고 마신다
먼 훗날 같이 가려고……

창 혹은 창문

나를 보듬고
남을 헤아리는 가슴은
헛되지 않은 삶 속에서
삶을 배운다

하얀 구름에 실려 간
웃음 띤 해맑은 미소에서
나는
그리움을 배운다

낮추고 낮추어
사랑한 당신의 사랑 속에서
나는
사랑을 배운다

희망

잿빛 무거운 하늘에
흩어진 상처들을 모아서
간밤에 내린
하얀 눈 속 아래
다가올 봄에다 뿌린다

내 차가운 가슴에
따사한 봄 잉태하여
찾아온 당신은
이 땅의 서러움과 조롱을
씻어낸 사랑이었다

어둠을 빗어 만들어진
꽃 피우는 새벽으로
내 가슴에 와
동녘 하늘 높이 날으는
새가 되고 싶다

좋은 곳

행복한 세상에는
누가 살고 있을까요
함박웃음 아름다운
당신과 눈부신
햇살이 함께 하지요

아름다운 세상에는
누가 살고 있을까요
쪽빛 치마 입은
당신과 천상의
음률이 같이 하지요

기쁜 곳에는
누가 살고 있을까요
하얀 이빨 드러내고
꽃처럼 웃는
당신이 같이 하지요

양복

4년 전
2008년 7월 10일 이전에
거금 들여 양복 한 벌을 샀다
내 먼 곳 갈 때 꽃단장하렸더니
이 옷 차려 입고
같이 봄맞이 가잔다

장롱 깊은 곳 묻어둔
시간들이 다시 깨어나
외출하잔다
고운 님 맞으러 같이 가잔다

설한에 피어난 꽃바람
분홍색 물들어
석양이 외로우면
손잡고 함께 가잔다

다림질 냄새에
당신의 사랑이 묻어나
나의 허파를 벌떡 일으켜

4년 전 내 굶주린 사랑들이
님의 향기 피워
숨죽인 내 상처에 사랑을 심는다

길 위에서

사랑으로 향하는
길은
올곧게 펼쳐져 있지를 않아요

천 년을 거슬러 솟구친
길에서
아름다운 당신을 만나
내 사랑
고백하게 하소서

빨간 고추 흘러서
간 길에는
어머니 손길들이 남아
먼 옛 사랑을
다시 불러 모아요

사랑[愛]방

햇살이 내 마음 속속들이
잘 내리는 곳에
나는 당신을 위한
작은 방 하나를 만들어
실경에 올려놓고
내 마음 흔들리는 날에
나도 그 방에 들러
당신의 체취를 움켜쥐고 통곡한다

바람도 건너다
구름도 건너다
지쳐서 흐트러지는 거리에
당신을 두고
나는 슬퍼서 울음 멈춘다
내가 사랑한 당신은
뜨거운 나의 사랑

사랑하는 나의 님이여!
사랑하는 내 사람아!

5부

겨울 아침에

보고 싶어요

보셨습니까?
보았다고 말하지 마십시오
무엇이 있던가요?
제대로 본 사람은
보았다고 말하지 않지요

내가 당신에게 보내는 편지는
밤새워 가며
써내려 간 것이지요
밤새워 가며……!
다시 쓴 글들이지요

문법이 맞지 않는다고
철자가 틀리다고
앞뒤가 맞지 않다고
하찮은 것이라 말하지 마십시오

그걸 보지 마십시오
당신이 나를 사랑한다면
그 속에 들어 있는 나를 보십시오

그 몇 자를 쓰려고
밤새껏 가슴을 태웠습니다

보셨습니까?
보셨다고 말하지 마십시오
내 가슴 밤새 태워
흩어진 서릿발을……

만남

이제
사랑은 없습니다
떠난 지 오래입니다
먼 삭풍 타고
떠나간 지 오래입니다
사랑이 떠났기에
나는
사랑을 알았습니다

당신은 오실 것입니다
산멀랑* 흰 눈 걷히면
이제는
사랑이 올 것입니다
다 떠나갔으니
이제는 사랑이 올 시간입니다
다시는 떠나지 않을
사랑이 올 것입니다

*산멀랑 : 산꼭대기, 경상도 사투리.

잔설(殘雪)

가을이 흘리고 간
들녘에서는
하얀 백설(白雪)들이
힘겨워 누워서
안간힘을 쓴다
찾지도
알아주지 않는데
떠나기 싫어
심통 부리며 눈물짓는다
설(雪)아 떠나라
네 여기서 울부짖느니
넓은 설원에서
한바탕 놀다
푸른 물 출렁거리는
북해로 찾아들어라

겨울 아침에

잔설로 카펫 엮어
깔고 앉은 아침 햇살에
유난히도 빛나던
이날은
뱀같이 슬며시
왔다 가는
밤을 싫어한다
오늘 하루가 소중하고
매일 매일이 쌓여서
아름드리 사랑으로 자라날 것을…
아~
간밤에 슬피 우는
문풍지의 슬픈 이야기를 위하여
힘겨운 나는
사랑을 높이 들어
백설 위에다
청솔가지 꺾어서 노래를 한다
내 사랑 푸르기를…!

싹

아침 햇살에 실려
온 따사함이
나의 게으름을 흔들어
지난 날 떠난
사랑을 맞으려 나간다
백설 위로 쏟아진
햇살은 내 발길을 이끌어
시리도록 차가운
겨울 빛 속에 묻어
다가올 봄을 기다린다

당신의 향과 다가올
봄날이 그리운
햇살 아래서
뭇사람들에 짓밟혀 헤진
사랑 이삭들을 주워 모아
가슴켠에 묻어 둔다
다시 피어날
봄날을 위하여!
사랑에 게으른 나를 위하여!

진실

매서운 계절 내내
자랑하던 푸름
새싹이 오물오물
솟아오르는 봄날에
너의 빛은 더욱 찬란하다

온갖 푸름 속에서도
위엄 잃지 않은
너는
진정 푸름의
진실이었나 보다

산하가 불붙어
몸부림쳐 울부짖을 때
진정한 사랑을
아는가 보다
푸름 너는!

눈이 왔어요!
여기저기에

백색이기를 거부한 청솔
너는 언제나 푸르다

생존

겨울 사랑 이야기는
하얀 눈 속의
동백처럼 처절하게 붉은
너의 사랑에
오늘의 아침을
이슬처럼 키스하면서
한 점, 한 점 엮는다

당신이 목 놓아 기도한
사랑 이야기는
새털같이 따뜻하고
가벼워서
가슴에 남지 않고
바람 따라 흩어질 것을
나는 잘 안다

쌓이지도 않은
오늘을 안고
스러져 영원을 생각한다
사랑에 목마른 나는

오늘을 쌓고
또 쌓아서
영원한 사랑을 노래한다

2013년에는

날게 하소서!
높이 날게 하소서!
이루어지게 하소서!

높푸른 창공에
아름다운 사랑 엮어서
비 오고
눈 오면
지붕으로
울타리로
비바람 막아주고
2013년에는
내 사랑 지키어 주소서!

날게 하소서!
높이 날게 하소서!
어두운 벼랑길도
가슴 아파 힘든 길도
같이 걷게 하소서!

작은 가시에 손 찔려
아파할 때
같이 아파하게 하소서!

2013년에는
날게 하소서!
높이 날게 하소서!
내 사랑 돌같이 굳게 하소서!

2012. 12. 31 밤

산에 있는 소나무
들판의 이름 모를 벌레
산속을 헤매는 짐승
헤엄치는 물고기
날으는 새들
앉은 이
누운 이
걷는 이
고통 받는 이
상처 받은 이
사랑 받는 이
사랑 받지 못한 이
기쁨에 넘치는 이
낙심하여 슬픈 이
모두가 같이 맞이하는
저녁에 우리는 경건히
노래하자
보내는 이들을 위하여!
맞이하는 이들을 위하여!
모두가 모여서!

노래하자!
넘치고 모자라는 설움을
보듬어 노래하자!
우리는
다가올 새로운 시간들이
기다리는 곳으로
같이 가 노래하자!
사랑 잃은 슬픈 이
낮은 곳 머무는 이
보듬어 노래하자!

어머니 · 4

날씨 풀리면
꽃구경 같이 가자던
나의 어머니!

아직도 풀리지 않은
날씨에 눈구름 흩날려
어머니 모셔 갔습니다

하얀 찔레꽃 피면
꽃놀이 가자던
나의 어머니!

바삭거리는 눈얼음 위로
어머닌 꽃상여 타고
꽃피는 곳으로 떠났습니다

남풍 불어
아지랑이 있는 날,
꽃놀이 가자던
나의 어머니!

상두꾼들의 소리가
나의 어머닐
모셔 가고 말았습니다

*장사익의 노래를 들으며

산속에서

다람쥐 너는 좋겠다
이쪽 저쪽 넘나들며
동서남북이 훤하여
사랑손님 어느 쪽에서
오나 보기 좋아서

사르르 사르르 낙엽
눈 밑으로 숨어들어
지나간 슬픈 사랑을
붙들고 하소연한다
봄엔 새 날갯짓하게…

각시고랑* 전설 담은
똘물은 하루 온 종일
작은 속삭임 속에서
겨울 낮은 해 저물어
님은 못 오시나 보다

*각시고랑 : 내 고향 사천시 사남면 소산 부락 뒷산 자락 작은 개울 이름인데 동네 분들은 가시고랑이라고도 부른다. 새 각시의 슬픈 시집살이 전설이 깃든 곳이다.

손님 · 3

저 건너 아지매 댁에
자식들 왔나 보다
굴뚝에 연기 오르고
방안에 불이
늦게까지 켜 있다
근심과 힘겨움이
얼굴에 찌들어 붙어도
가난과 모진 세월이
처마 끝에
검정 땟국으로 매달려도
아들 오니
좋은가 보다
굴뚝에 연기 오르네

산촌의 겨울 아침

내가 살아있음을 알리려고
새벽 창문 열어젖히면
산 아래 건너편 집
아궁이 송진 타는 냄새와
새벽을 가르는
노인들의 헛기침이
산촌 마을에
생기를 불어 넣는다

추운 겨울밤 한기에
꼬부라진 허리는
윷가락 같은 가는 장작 끼고
지팡이에 이끌려
정지로 향한다

반백 년 같이한
할멈과 아침 인사는
예전이나 지금이나
같은 말

"뭐해"

목소리만 높아졌다
예전보다 지금은…

이팝나무

붉은 석양에 매달린
시리듯 차갑게 하얀 네 꽃은
전생에 몹시도
깨끗한 존재였나 보다

외로움에 허덕이는
슬픈 사랑을 위하여
파란 하늘에 눈 맞추어
미소 지으려나 보다

사랑손님 맞이하여
가을걷이 바라며
나 홀로서
못자리에 볍씨 뿌리네

슬픈 꽃들의 노래

– 2014년 4월의 봄바다 노래

꽃 피었었네
들에도
산에도 꽃 피었었네
가슴 가득히 꽃 피었었네

가슴에 울리는 공명
텅 텅 텅

들리는 이명(耳鳴)도 없어라
파도 소리마저
물속으로 묻히어
칠흑으로 흐르네

꽃 보려던
사랑하는 이들의
마음 앗아가 버렸네

꽃 지네
들에도
산에도 꽃 지네
푸른 바다에 꽃 지네

자아의 긍정적 인식과 시적 진실

―이권한 시집 《가을 햇살에 걸쳐둔 기도》의 시세계

김 송 배
(시인 · 한국문인협회 부이사장)

1. 삶에서 탐색하는 인식과 성찰

현대시의 형태는 그 시인이 삶의 중심에서 체험한 다양한 양상들이 상상력을 통하여 재생된 이미지가 시적 상황이나 주제를 형성하는 경우를 많이 접하게 된다.

이러한 작품들의 지향점은 대체로 '나' 라는 화자(話者)를 중심으로 전개되는 경향을 읽을 수 있게 되는데 이는 자아(自我)에 대한 인식과 그 인식에서 획득한 성찰적인 요소들이 작품을 관류(灌流)하는 시법(詩法)을 이해하게 된다. '나' 라는 시적 화자는 그 시인을 직접 지칭하는 경우도 있고 어떤 사물을 의인화해서 '사물=나' 라는 등식을 성립시켜서 작품을 전개하는 등의 시법을 읽게 되는데 이는 그 시인의 시풍(詩風)이나 창작의 의도에 따라서 다소 차이가 나는 수도 있을 것이다.

이권한 시집의 원고를 읽으면서 문득 '나' 를 중심으로 한 작품의 특징은 바로 그가 탐색하거나 구현하려는 시적 이상향이 그의 삶에서 발견된 인식의 세계에서 다시 성찰의 지향점을 모색하는 시적 진실을 이해할 수 있었기 때문이다.

이러한 자아의 긍정적인 인식은 우선 '나'를 확인하면서 존재의 문제까지도 발전시키는 가치관의 정립을 위한 다변적인 심리적 유동(流動)이 현실적 문제와의 화해를 위한 지각적인 심저(心底)를 작품에 투영하고 있어서 이권한 시인이 여망하는 시적 주제의 창조가 그의 내면에서 용암처럼 분출되고 있음을 알 수 있게 한다.

하루의 일과들을
키에 얹어 손질한다
쭉정이들이 애처로운 눈으로
나를 쳐다본다
키를 슬며시 내려놓고
따사한 햇살을 줍는다

주머니 가득한 햇살들을
손가락 사이로 죽죽 뿌리면
내년에 솟아날
씨앗들이 내 가슴에 박혀
아름다운 사랑으로 다가온다

– 〈향기〉 전문

이 작품에서 감지(感知)할 수 있는 요체는 이권한 시인에게 내재된 시적 인식이 절묘하다. 가령 "쭉정이들이 애처로운 눈으로/ 나를 쳐다본다"는 상황에서 "내년에 솟아날/ 씨앗들이 내 가슴에 박혀/ 아름다운 사랑으로 다가온다"는 인식의 원류에는 그의 안온한 지향적인 메시지를 확인할 수 있을 것이다.

그의 이러한 시적 감응(感應)에는 그가 평소에 일상적인 삶을 통해서 추출해낸 보편적인 사유(思惟)의 결론이 아니라, 그는 지성적인 혜안(慧眼)으로 창출한 그의 견고한 철학이며 그것이 자아 인식의 주체로 확연하게 발현되고 있는 것이다.

다시 이권한 시인은 그의 작품 〈여유〉 중에서 "이제/ 나도 혼자가 되는 시간들을 즐겨야겠다"거나 "나의 공간에서/ 지나간 시간들을 되돌아본다/ 펄펄 끓어오르던 정열들은/ 나이 뒤로 사그라져/ 먼 곳 바라보는/ 나는 지금이 무척이나 좋다"는 어조(語調)에서 알 수 있듯이 그의 인식 저변(底邊)에는 삶과 자아의 긍정적인 '나'를 의식하고 있는 것이다.

또한 그는 작품 〈돌아보자〉 중에서 "쓰잘데없이 살아온 삶/ 기우는 지천명에서/ 헐떡이고 살아온 삶/ 정신 차리고 보니/ 헛된 삶이 아니었나"라는 성찰의 의식도 그에게서는 자아를 인식하는 과정으로 현현하고 있으며, 작품 〈오후에〉 중에서도 "수족이 떨어진 나는/ 이리 좋은 가을날에 쏟아지는 햇살 속에서/ 쏟아진 속삭임은/ 내 힘이 남아있는 한/ 미쁨의 정들을 전하고 싶어요"라는 삶에서 탐색하는 여망의 이미지가 그의 심중(心中)에서 시적 원천으로 나타나고 있는 것이다.

빈 들판에 나 혼자
곧추서서
여름에 푸르던 너를 찾는다

무슨 소리
지금은 가을인데
긴 소매 걷지고 빨리 가거라

네 떠나온 길
빨리 가거라

서릿발 성성거려
가슴을 찢어놓은 아픔이 오기 전에
빨리 가거라

– 〈나 혼자〉 전문

이권한 시인의 갈망(渴望)은 단순한 '나 혼자' 만의 정적(靜的) 이미지만 있는 것이 아니다. 그는 "여름에 푸르던 너를 찾는다"는 어조와 같이 '너' 라는 대상이 존재한다. 그는 다시 "빨리 가거라"라는 명령어가 말해 주듯이 '너' 라는 상관물이 그에게서 구체적으로 어떤 의미의 메시지인가는 정확하게 이해할 수는 없지만, '여름' 과 '가을' 이라는 시간성과 융합(融合)함으로써 절대 고독의 이미지가 흐르고 있음을 이해할 수 있다.

그는 이처럼 현실과의 화해를 지향하는 작품으로 〈나의 일과〉 중에서 "보석처럼 빛나는 가을 햇살이/ 나를 밀어 하늘로 올린다/ 높은 곳에서 바라본/ 세상은 정말 아름답다" 거나 작품 〈창 혹은 창문〉 중에서도 "나를 보듬고/ 남을 헤아리는 가슴은 / 헛되지 않은 삶 속에서/ 삶을 배운다"는 인식의 긍정은 그가 시적인 진실로 형상화하는 주안점으로 작용하고 있다.

그는 다시 이러한 인식의 근원에서 탈피하거나 또 다른 이상세계의 성취를 위한 지향적인 인식의 변환이 요구되고 있는데 그의 현재 삶에서 현현된 이미지들이 바로 기원이라는 의식으로 흐르고 있다. "내가 아는 모든 이들도/ 당신 안에서 생활하는/ 삶이 되도록 하여 주십시오"(〈가을 햇살에 걸쳐둔 기도 · 1〉)라는 기도와 같이 그의 염원은 삶을 공생(共生)하는 공존(共存) 의식이 그의 정감으로 발양(發揚)되고 있다.

2. 사랑의 하모니와 시적 사랑학

이권한 시인은 사랑에 대해서 민감(敏感)한 반응을 보이고 있다. 그는 우리 인간들의 궁극적인 사랑의 교감을 작품화하는 특성이 많은 작품을 통하여 대할 수가 있다. 그가 "잠자리 들기 전/ 두근거리는/ 가슴을 내려놓고/ 그리움 타오르는/ 촛불을 켜두고/ 사랑의 기도를 한다// 만지작 만지작/ 사랑을 만지다/ 베갯잇에 묻어두고/ 잠이 들었다"(〈꿈속에서〉 전문)는 어조와 같이 그가 사랑에 대한 조화(harmony)를 꿈꾸고 있음을 알 수 있다.

따뜻하다
젊음의 목소리
나를 부른다
따뜻한 사랑이
품속 같은
나직한 속삭임으로
참 좋다

낮은 속삭임
그 소리는
사랑의 소리…

– 〈소리〉 전문

보라. 그가 혼미(昏迷)할 정도로 심취(深醉)해 있는 사랑학의 주제는 "나를 부"르는 대상물인 객체가 있다. 그것이 현재의 사랑이든 미래에 접하게 되는 사랑이든 상관없을 것이다. 다만, 그가 탐색하거나 추구하려는 사랑의 진정한 의미는 따뜻한 '젊음의 목소리' 이다. 그것이 바로 '사랑의 소리' 이기 때문이다.

머리가 혼미하여지고
가슴이 답답하여지면
분명 당신이 찾아오는
소리를 듣습니다

내 가슴 속에서
솟구치는 사랑을
토하여 마시고 싶습니다

이 사랑 바람에
흘러가 떠도는 게
나는 싫습니다

여기에 감추어두고
꺼내 보고
만져 보고
얼굴에 비벼 보고 싶습니다

사랑하는 이여
내 젊음이여!

– 〈젊은 날의 추억〉 전문

여기에서도 '사랑하는 이'와 '내 젊음이' 적절한 하모니를 이루고 있다. 그는 "머리가 혼미하여지고/ 가슴이 답답하여지면/ 분명 당신이 찾아오는/ 소리를 듣"고 있어서 그의 사랑에 대한 소망이 넘치고 있다.

그는 "내 가슴 속에서/ 솟구치는 사랑을/ 토하여 마시고 싶습니다"거나 "얼굴에 비벼 보고 싶습니다"는 어조가 분명하게 사랑의 성취를 갈망하고 있는 것이다. 이제 그는 "이제는/ 사랑이 올 것입니다/ 다 떠나갔으니/ 이제는 사랑이 올 시간입니다/ 다시는 떠나지 않을/ 사랑이 올 것입니다"(〈만남〉 중에서)거나 "아침 햇살에 실려/ 온 따사함이/ 나의 게으름을 흔들어/ 지난 날 떠난/ 사랑을 맞으려 나간다"(〈싹〉 중에서)는 그의 시적 사랑학은 절정에 이른다.

그는 다시 "간밤에 빚어서 쌓아 논/ 나의 사랑은/ 붉은 태양과 함께 하여/ 내 사랑하는/ 이의 가슴에 전하고 싶다"(〈구름〉 중에서)거나 "당신이 웃으며/ 뒤돌아서는 모습에/ 새겨둔 사랑을 쓸어안고/ 가슴 깊이 새긴 채로 떠나리다"(〈내 떠나는 날은〉 중에서)는 그의 사랑학 대미(大尾)가 장식되고 있다.

이러한 사랑의 이미지는 '사랑' 이라는 절대적인 감성(感性)이 그 대상에게 호소하거나 여망하는 심정이 여과(濾過)를 통해서 그의 진실로 흡인(吸引)하는 과정에서 그가 관념적 이미지의 절절한 투영으로 조화를 구현하고 있다.

그의 사랑학 정의는 다음 작품 〈생존〉으로써 전말을 요약할 수 있다.

겨울 사랑 이야기는
하얀 눈 속의
동백처럼 처절하게 붉은
너의 사랑에
오늘의 아침을
이슬처럼 키스하면서
한 점, 한 점 엮는다

당신이 목 놓아 기도한
사랑 이야기는
새털같이 따뜻하고
가벼워서
가슴에 남지 않고
바람 따라 흩어질 것을
나는 잘 안다

쌓이지도 않은

오늘을 안고
스러져 영원을 생각한다
사랑에 목마른 나는
오늘을 쌓고
또 쌓아서
영원한 사랑을 노래한다

– 〈생존〉 전문

3. '나를 위한 기도' 와 기원 의식

이권한 시인은 항상 겸허한 자아에서 존재감을 만끽(滿喫)하는 실재(實在)의 기도를 드리고 있다. 그는 먼저 자신을 위한 기도로 시작하고 있다. 이 기도는 절망에서 희망으로 변전(變轉)시키는 심리적인 효과를 염두에 두는 보편적인 기원이다. 그가 기도를 하는 이유는 대체로 어두움에서 밝음으로 지향하는 기도와 기원이 메시지로 현현되고 있다.

나를 위하여 기도하자
어두운 곳에서
밝은 곳으로
절망적인 곳에서
희망적인 곳으로
고통 속에서
기쁨이 있는 곳으로
메마른 곳에서
기름진 웃음이 넘치는 곳으로

아귀다툼이 있는 곳에서
사랑이 넘치는 곳으로
님을 기다리면서
나는 기도를 한다

나를 위하여 기도를 한다

– 〈기도 · 2〉 중에서

이권한 시인의 기도는 "나를 위하여 기도하"는 것으로서 '어두움과 밝음', '절망과 희망', '고통과 기쁨', '메마른 곳과 기름진 웃음', '아귀다툼에서 사랑' 으로 대비시키는 시법으로 그의 기도는 진행되고 있다.

그의 기도는 대체로 다음과 같이 발현되고 있다.

–내가 사랑하는/ 젊음이 영원히/ 따뜻한 가슴을 갖고/ 기도하게 하여 주소서// 남의 허물을 덮어 주고/ 남의 잘못을 보지 않고/ 나보다 타인을 생각하도록/ 기도하게 하여 주소서

– 〈가을 햇살에 걸쳐둔 기도 · 2〉 중에서

–아!/ 서러워 괴로운/ 이 밤이 하얀 서리 되어/ 대문 밖 서성이면 / 반가움에 머리 내려/ 입 맞추고 기도한다

– 〈간 · 밤 · 애(愛)〉 중에서

–올곧은 정신 속에서/ 님을 향한/ 기도를 하자/ 훌훌 털고 가벼운 마음으로/ 님을 향한/ 기도를 하자

– 〈기도 · 2〉 중에서

—날게 하소서!/ 높이 날게 하소서!/ 어두운 벼랑길도/ 가슴 아파 힘든 길도/ 같이 걷게 하소서!/ 작은 가시에 손 찔려/ 아파할 때 / 같이 아파하게 하소서!

– 〈2013년에는〉 중에서

이처럼 그의 기도는 "내가 사랑하는/ 젊음"의 영원성과 "남의 허물을 덮어"주는 인본주의(humanism)적인 메시지를 소중하게 적시(摘示)하고 있다. 여기에서는 "힘없는 손으로/ 벼 이삭 줍던 노인"과 "먼저 멀리 간 자식들/ 병 뒷바라지에 허리 휜/ 시골 부모"와 그리고 "평화/ 행복/ 기쁨/ 사랑을 위하여" 기도하는 경건한 심성을 이해할 수 있다. 그리고 "높이 날게", "이루어지게", "내 사랑" 지키기 위한 기도가 장중한 하모니를 이루고 있는가 하면 "눈이 왔어요/ 아주 많이 왔어요/ 넘어지면서/ 숨을 멈추고 본/ 이 세상은/ 정말 아름다웠습니다// 내 떠나는 날도/ 이렇게 아름답기를 기도한다"(〈나들이 · 1〉 중에서)는 그의 기도는 어떤 예감을 동반하는 성찰의 순수가 내재되어 있다.

네 차가운 바람도
여기에 다다르면 싹 되고
사랑 되어 피어난 꽃이어라
붉은 꽃으로 피어나
절절한 사랑 내뱉는
너울에 부서지는 햇살이고 싶어라

– 〈겨울비 오는 오후에〉 중에서

어둠을 벗어 만들어진
꽃 피우는 새벽으로
내 가슴에 와
동녘 하늘 높이 날으는
새가 되고 싶다

– 〈희망〉 중에서

이 두 편의 작품에서는 그가 갈망하는 기원의 의식이 명징(明澄)하게 나타나고 있다. "너울에 부서지는 햇살이고 싶어라" 거나 "동녘 하늘 높이 날으는/ 새가 되고 싶다" 는 어조는 바로 그가 소원하고 여망하는 진솔한 진실이 포괄하고 있음을 이해할 수 있게 한다.

4. 시간성과 합일하는 서정적 진실

이권한 시인은 그의 내면에 잠재한 시간성과의 합일하는 서정성을 탈피하지 못한다. 그는 사계절에 대한 민감한 반응으로 전원과도 교감하는 시법으로 그가 천착(穿鑿)하는 서정적인 면모를 현현하고 있어서 계절적인 이미지가 자연스럽게 전원의 자연과도 잘 융합(融合)하는 순수 서정의 집합체임을 내보이고 있다. 우리 시인들은 대체로 이미지를 말할 경우 시간성과 동시에 투영하는 사물(특히 자연 사물)들과의 상관성에서 공간의 개념을 적시하는 예를 흔하게 볼 수 있다. 이는 시공(時空)의 융화로서의 이미지 창출이 보다 효과적이라는 시법을 많이 응용하고 있기 때문일 것이다.

이권한 시인은 시간성에서도 가을에 대한 감각이 남다르게

심취하고 있음을 내보인다.

밤이 깊어간다
바람이 스치고 간
온갖 식물들
겨울을 원망하는
그림들이 그려진다

참 너는 착하다
아름다운 색으로
예쁜 옷 갈아입고
매서운 손님 맞으려
두 팔 벌리고 기다린다

– 〈가을 이야기 · 2〉 전문

보라. 이권한 시인이 그려내는 이 '가을 이야기' 는 바로 그가 메시지로 청자(聽者)에게 전하는 가을과 겨울의 행간에 원망과 착함과 아름다움과 매서움이 공존하는 결실의 계절을 아름답게 채색한 회화(繪畵)인 것이다. 이러한 서정성은 항상 잔잔하면서도 포근한 심성의 발현으로 작품이 전개되는 특성을 읽을 수 있을 것이다.

또한 그는 작품 〈가을 수확〉 중에서 "툇마루 한 켠에/ 여름내내 흘린 땀들이/ 모여앉아/ 떠나갈 길 맞으려 한다// 너의 안녕을/ 가을 햇살에 부탁한다" 거나 작품 〈가을 · 3〉 중에서 "무서리 한탄치 않는/ 목이 길어져 가여운/ 진정 가을의 길맞이/

코스모스, 너는…" 등의 어조가 말해 주는 가을 이미지의 순수한 정감의 시법들로 독자들의 공감을 유로(流路)하고 있다.

이 밖에도 작품 〈빛〉 전문에서 "고운 빛 쏟아내는/ 가을 햇살들을/ 고운 체로 내리면/ 한 알 한 알 아름다운/ 노래가 된다// 가녀린 어깨에서/ 흘러내린 음률이/ 넓은 세상 떠돌다/ 되돌아와/ 사랑을 호흡한다"는 순박한 서정시의 본령(本領)을 대하는 듯한 그의 시적 진수(眞髓)를 이해할 수 있게 한다.

붉은 석양에 매달린
시리듯 차갑게 하얀 네 꽃은
전생에 몹시도
깨끗한 존재였나 보다

외로움에 허덕이는
슬픈 사랑을 위하여
파란 하늘에 눈 맞추어
미소 지으려나 보다

사랑손님 맞이하여
가을걷이 바라며
나 홀로서
못자리에 볍씨 뿌리네

– 〈이팝나무〉 전문

이처럼 계절뿐만 아니라, 자연과도 교통(交通)하는 정서의 범

주(範疇)를 알 수 있게 한다. '이팝나무' 라는 자연 사물에서 추출하는 동화(同化-assimilation)로 내적 인격화에 상상력을 투여(投與)하고 있다. 이는 "전생에 몹시도/ 깨끗한 존재"라는 단정이 말해 주듯이 '외로움' 과 '슬픈 사랑' 에 대한 관용의 '미소' 로 전환하고 있다.

이러한 시법을 고 김준오 교수의 《시론》에서는 "주체와 객체의 화해된 종합(mediated synhesis ofsubject and ojject)의 상태"라고 했다. 즉 자아와 세계가 구분되지 않는 이런 조화적인 동일성의 경지가 서정시의 이상이라고 했다.

또한 작품 〈산책 풍경〉 전문에서 "벙거지 벗어질세라/ 붙들어 늘어진 턱밑 끈에/ 슬픈 시간들이/ 매달려 들판으로 나간다// 여름 콩밭에서 머물던/ 밭 매던 젊은 부부는/ 콩 타작하느라 여념이 없다// 흐트러진 머리카락 사이로/ 빛나는 눈빛을 가진/ 젊은 아낙 손에 높이 매달린 도리깨는/ 저 멀리 가 버린 꿈들을 불러/ 멍석 바닥에 붙들어 둔다"는 전형적인 산촌의 서정이 발현되고 있다.

이 밖에도 시간성을 서정적으로 현현한 작품은 다음과 같이 나타나고 있다.

―김장밭 닮은/ 가을 하늘이/ 땅으로 떨어져/ 작은 씨앗으로/ 자갈 틈 속에서/ 춥고 어두운/ 긴 시간 머물러/ 새 생명 잉태의/ 시작을 알리려 한다.

– 〈하늘〉 중에서

―가을이 흘리고 간/ 들녘에서는/ 하얀 백설(白雪)들이/ 힘겨워 누워서/ 안간힘을 쓴다.

– 〈잔설〉 중에서

–간밤에 슬피 우는/ 문풍지의 슬픈 이야기를 위하여/ 힘겨운 나는/ 사랑을 높이 들어/ 백설 위에다/ 청솔가지 꺾어서 노래를 한다
– 〈겨울 아침에〉 중에서

–하얀 눈이 내렸던/ 오전 한 자락은/ 유난히도 햇살이 두텁습니다// 흰 백색의 따사한 세상/ 거기에 내 맘 내려놓고/ 펑펑 울어/ 피 눈물 쏟아내/ 선홍색 빛을 뿌리고 싶습니다.
– 〈바람〉 중에서

–눈이 와요/ 펑펑 많이 와요/ 앞뒷산 가리지 않고/ 무지하게 많이 와요/ 골목도 창문도 가렸어요.
– 〈눈 내리는 날〉 중에서

이권한 시인의 서정적 운치(韻致)는 그가 어쩔 수 없이 서정시인이라는 명제의 이행이다. 친자연이나 전원 풍경에서 시간과 대칭으로 이루어지는 작품은 우리 인간들의 안온한 서정적인 위의(威儀)를 진솔하게 발양하고 있어서 그의 시학(詩學)은 정립될 것으로 확신하게 한다.

그러나 시는 불란서의 시인 볼테르의 말대로 영혼의 음악이어야 한다. 보다 더욱 위대하고 다감한 영혼들의 음악이라고 했다. 아무리 좋은 작품이라도 공감하고 흡인하는 독자가 없다면 무용지물이 된다. 이의 극복을 위해서는 언어의 적절한 탁마(琢磨)에 의해서 형상화하는 시법의 탐색에 적극 노력이 동행하지 않으면 불가능해진다.

더욱 좋은 시집을 대할 수 있기를 기대한다. 시집 출간을 축하한다.

이권한 시집

가을 햇살에 걸쳐둔 기도

•

지은이 / 이권한
발행인 / 김재엽
발행처 / 한누리미디어
디자인 / 지선숙

•

121-840, 서울시 마포구 잔다리로 35(서교동) 서원빌딩 2층
전화 / (02)379-4514, 379-4519
Fax / (02)379-4516
E-mail/hannury2003@hanmail.net

•

신고번호 / 제300-2006-61호
등록일 / 1993. 11. 4

•

초판발행일 / 2014년 7월 10일

•

•

값 8,000원

•

•

ISBN 978-89-7969-480-2 03810